CUENTO
DE LUZ

Al Árbol Casa, que me regaló tantos momentos maravillosos durante mi infancia.

- María Quintana Silva-

Cuando los árboles florecen, se ilumina el bosque.
Después, nosotros con ellos.

- Silvia Álvarez -

Impermeable y resistente
Producido sin agua, sin madera y sin cloro
Ahorro de un 50% de energía

El último árbol
© 2018 del texto: María Quintana Silva
© 2018 de las ilustraciones: Silvia Álvarez
© 2018 Cuento de Luz SL
Calle Claveles, 10 | Urb. Monteclaro | Pozuelo de Alarcón | 28223 | Madrid | Spain
www.cuentodeluz.com
ISBN: 978-84-16733-45-3
Impreso en PRC por Shanghai Chenxi Printing Co., Ltd. septiembre 2018, tirada número 1651-6

EL ÚLTIMO ÁRBOL

María Quintana Silva * Silvia Álvarez

Una noche los árboles decidieron que había llegado el momento de marcharse. Arrancaron de cuajo sus raíces y arañando el terreno se fueron.

A la mañana siguiente, Goran emprendió el camino hacia la escuela. Demasiado calor y ninguna sombra bajo la que resguardarse.

En cuanto llegó se dio cuenta de lo que estaba pasando: el bosque había desaparecido y en aquel vasto desierto solo se veían los agujeros de los árboles.

—¿Qué ha pasado? —preguntó Goran a los animales que contemplaban el paisaje desde fuera.

—Los árboles se han marchado — respondió una ardilla anciana.

—¿Y esos adónde van? —dijo el lince al ver a una familia de colibríes atravesando el cielo con un montón de equipaje.

—¡Nos mudamos a otro nido más estable! —gritó desde lo alto papá colibrí.

—Todos tendremos que buscar una casa nueva —añadió la ardilla y, poco a poco, los animales emprendieron su marcha.

En la escuela, Goran se preguntaba si el árbol de su jardín
también se habría ido.

En primavera era divertido columpiarse en sus ramas.

En la estación del calor su sombra lo protegía del sol.

En otoño le gustaba jugar con las coloradas hojas que
el árbol le regalaba.

En el frío invierno Goran observaba desde su
ventana y el árbol lo saludaba agitando sus ramas.

Era el guardián del jardín. Era su amigo.

Cuando terminaron las clases, Goran se apresuró a salir.
Una áspera niebla gris inundaba las calles de la ciudad,
hacía calor y era difícil respirar.

Cuando llegó a casa su árbol estaba allí, pero por poco tiempo: estaba desenterrando las raíces.

—¡No lo hagas! —exclamó Goran
con un picor en la garganta cada vez más
fastidioso—. ¡Tú eres el último árbol!

—¡Exacto! Será mejor que me dé prisa —respondió él, asegurándose
de que todas sus hojas estuvieran listas para partir.

—Pero sin árboles estamos perdidos… ¿acaso no estás bien
aquí? —preguntó Goran mientras tosía.

—Prefiero irme con mis propias raíces antes de que me reduzcan a
cenizas o me corten en mil pedacitos —contestó el árbol y, haciendo
temblar la tierra, comenzó a desaparecer en aquella
asfixiante niebla.

Entonces Goran se aclaró la garganta y gritó:

—¡Espera! ¡Se te olvida una cosa!

El árbol, que ya estaba a mitad del jardín, se giró y dijo:

—La casita me la quedo. Me sirve para los pajarillos.

—No es por la casita. Es solo que… se avecina el invierno…
¿dónde irás con este frío? —intentó convencerlo Goran.

El árbol reflexionó:

—Efectivamente, no llegaré demasiado lejos con estas viejas raíces...

—¡Quédate! Duérmete la siesta y descansa. Estarás agotado —le propuso Goran—. Cuando despiertes, encontrarás buenos motivos para quedarte. Si no, podrás irte y no volveré a protestar.

—Está bien, acepto el trato —dijo el árbol—, pero te advierto que busco un lugar apacible para pasar los próximos cien años —comentó mientras observaba con desdén el paisaje que lo rodeaba. Después, volvió a su sitio y se durmió.

Durante todo el invierno, Goran y sus amigos trabajaron duro replantado el bosque con árboles de todo tipo.

Poco a poco la niebla gris se difuminó. Las personas dejaron de toser y volvieron a pasear sin sofocos. Los pájaros volvieron a hacer sus nidos en las copas y las ardillas a saltar de rama en rama.

Todos hicieron un último esfuerzo: recogieron el papel usado, tirado o que ya no servía, y lo reciclaron.

Llegó la primavera y el último árbol se despertó. A su alrededor árboles de todos los colores le hacían compañía.

Su casita tenía nuevos inquilinos y Goran abrazaba su tronco con fuerza.

—¿Has visto? —dijo Goran con la voz alta y clara—. Te prometo que este será un lugar apacible durante los próximos cien años y más…

Aquella mañana el último árbol decidió que valía la pena quedarse.

Ningún árbol ha sufrido durante la creación de este cuento.

Otto

EL OSO DE LIBRO

Para mi madre

Título original: OTTO THE BOOK BEAR

Con el acuerdo de Random House Children's
Books, 61-63 Uxbridge Road, Londres W5 5SA

© Texto e ilustraciones: Katie Cleminson, 2011

© EDITORIAL JUVENTUD, S. A., 2011
Provença, 101 - 08029 Barcelona
info@editorialjuventud.es
www.editorialjuventud.es

Traducción de Elodie Bourgeois Bertín
Primera edición, 2011

ISBN 978-84-261-3840-8

Núm. de edición de E. J.: 12.346

Printed in Singapur

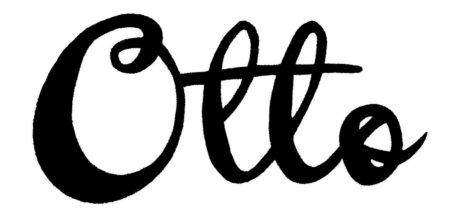

Otto

EL OSO DE LIBRO

KATIE CLEMINSON

editorial juventud

Barcelona

Érase una vez…

Otto era un oso de libro.

Vivía en un libro en una estantería de una casa…

y cuando los niños leían su libro
era el oso más feliz del mundo.

Pero Otto tenía un secreto extraordinario.

Cuando nadie lo estaba mirando,

¡cobraba vida!

Érase una vez...

A Otto
le encantaba
explorar la casa,

leer sus libros preferidos,
y escribir.

Pero un día ocurrió algo horrible…
y se olvidaron de Otto…

A Otto no le gustaba estar solo,
así que trazó un plan, llenó su morral

y se lanzó
a una nueva
aventura.

Pero el mundo exterior
le hizo sentirse muy pequeño.

Nadie parecía verlo.

Otto recorrió la ciudad con la esperanza de hallar un nuevo lugar para vivir. Pero en ningún lado se sentía como en casa.

Había demasiada gente, demasiado humo;

era demasiado alto, demasiado frío,
demasiado ventoso,

demasiado poco acogedor.

A Otto no le gustaba vivir en la ciudad,
y echaba de menos su cálido libro.

Empezaba a desmoralizarse, pero se sobrepuso,
se colgó el morral y siguió caminando.

Y justo cuando
se sentía tan agotado
que creyó que no
podía dar un
paso más,

Otto vio un lugar
que parecía
lleno de luz y
esperanza.

Otto entró y descubrió…

... ¡hileras e hileras de **libros**!

Otto
empezó a
trepar

y allí, al final de un estante,
vio algo.

¿Podía ser...?

¡Lo era!

¡Otro oso de libro!

El otro oso le dio un apretón de pata y le dijo:
«Hola, qué tal, me llamo Ernesto».

Su nuevo amigo le llevó a conocer la biblioteca,

y Otto descubrió que estaba llena
de personajes de libros como él.

Otto y Ernesto
podían leer una
y otra vez sus libros
preferidos,

Esta mañana hemos revisado
los mapas y el libro sobre
la expedición al Monte

escribir,

y probar todo
tipo de cosas nuevas
y emocionantes.

PRÉSTAMO

PRÉSTAMO

Y lo mejor de todo era que…

ahora Otto tenía
muchos lectores,
y por eso era el oso
más feliz del
mundo.

Y vivieron felices para siempre…